무라카미 T

T

내가 사랑한 티셔츠

무라카미 하루키 村上春樹

권남희 옮김

내가 사랑한
티셔츠

무라카미 T

비채

• 일러두기

- 외래어 및 외국어 표기는 국립국어원 원칙에 따르되, 국내에서 이미 굳어진 표현은 예외를 두었습니다.
- 본문의 괄호 안 내용은 작가 주입니다.
- 본문의 각주는 옮긴이 주입니다.

딱히 물건을 모으는 데 흥미가 있는 건 아니지만, 어느새 이런저런 물건이 '모이는' 것이 내 인생의 모티프 같다. 다 듣지 못할 양의 LP 레코드, 아마도 다시 읽을 일 없을 책, 잡지 스크랩, 연필깎이에 끼우지도 못할 만큼 짧아진 연필, 별의별 것이 내 주위에 빼곡하게 늘어간다. '어쩌다 보니 거북이를 구한 우라시마 타로° ' 같

○   거북이를 구해준 덕에 용궁에서 꿈같은 시간을 보내다가 삼백 년이 흘러 갈 곳을 잃는다는 일본 전래동화 주인공

은 것으로, 이런 걸 모아봐야 소용없다고 생각하면서도 일종의 정에 이끌려 물건을 자꾸 쟁이게 된다. 몽당연필을 몇백 개 모아봤자 아무 짝에도 쓸모없는데.

티셔츠도 그렇게 '자연스럽게 모인 것'이다. 값싸고 재미있는 티셔츠가 눈에 띄면 이내 사게 된다. 여기저기에서 홍보용 티셔츠도 받고, 마라톤 대회에 나가면 완주 기념 티셔츠를 준다. 여행 가면 갈아입을 옷으로 그 지역 티셔츠를 사고……. 이러다 보니 어느새 잔뜩 늘어나서 서랍에 못다 넣고 상자에 담아서 쌓아 놓는다. 절대로 어느 날 "좋아, 이제부터 티셔츠 수집을 하자" 하고 작심한 뒤 모은 게 아니다.

오래 살다 보니 이렇게 모인 티셔츠 얘기로 책까지 내고 대단하다. 흔히 '계속하는 게 힘'이라고 하더니 정말로 그렇군. 뭔가 나 자신이 계속성에만 의지하여 사는 듯한 기분마저 들 정도다.

잡지 《카사 브루터스》 음악 특집에서 내 레코드 수

집에 관해 인터뷰한 적이 있다. 그때 "그러고 보니 티셔츠 수집 같은 것도 하고 있어요"라고 무심코 말했더니, 편집자가 "무라카미 씨, 그걸로 연재 하나 해보시겠습니까?" 하고 제안했다. 그래서 제안한 대로 잡지 《뽀빠이》에 일 년 반 동안 티셔츠를 소재로 연재했다. 그게 이렇게 한 권의 책이 된 것이다. 딱히 비싼 티셔츠가 있는 것도 아니고, 예술성이 어쩌고 할 것도 없다. 그냥 내가 마음에 들어 하는 낡은 티셔츠를 펼쳐놓은 뒤 사진을 찍고 거기에 관해 짧은 글을 쓴 것뿐이어서, 이런 책이 누군가에게 도움이 될 것 같지는 않다(우리가 직면한 작금의 여러 문제를 해결하는 데 일조가 될 것 같지도 않고). 20세기 후반부터 21세기 전반에 걸쳐 살다 간 소설가 한 명이 일상에서 이런 간편한 옷을 입고 속 편하게 생활했구나 하는 것을 알리는, 후세를 위한 풍속 자료로는 의미가 있을지도 모른다. 전혀 없을지도 모른다. 뭐, 나는 어느 쪽이든 상관없지만, 이 사소한 컬렉션을 그런대로 즐겨주었으면 합니다.

컬렉션 중에 내가 가장 아끼는 티셔츠는 어느 것인가? 그건 역시 'TONY TAKITANI' 티셔츠다. 마우이 섬 시골 마을의 자선매장에서 이 티셔츠를 발견하여 아마 1달러에 산 것 같다. 그리고 '토니 타키타니는 대체 어떤 사람이었을까?' 생각하다 내 맘대로 상상력을 동원하여 그를 주인공으로 한 단편소설을 썼고, 영화화까지 됐다. **단돈 1달러입니다!** 내가 인생에서 한 모든 투자 가운데 단연코 최고였을 것이다.

차례

오류

여름은 서핑

벌써 한참 옛날……이랄까, 1980년대 얘기인데, 쑥스럽지만 몇 년 동안 서핑을 했다. 후지사와 시 구게누마에 살 때 이웃에 사는 지인 중에 서핑광인 사람이 있어서(그 주변에는 꽤 많이 있다) 그의 권유로 시작했다. 구게누마 해안에서는 롱보드를 탔지만, 하와이에 갔을 때는 딕 브루어° 쇼트보드를 빌려서 날마다 셰 러턴 먼 바다에 나가 평온하게, 그리고 사정없

○   전설적 서퍼 딕 브루어Dick Brewer가 만든 하와이의 서 핑 브랜드

이 파도를 탔다. 대체로 오전에는 바다에 있다가 점심때가 되면 방으로 돌아와 냉국수를 만들어 먹었다. 거의 일도 하지 않고 한 달 정도 빈둥빈둥 그렇게 지냈는데 참 즐거운 생활이었다. 그해 여름 라디오에서는 폴 매카트니와 마이클 잭슨의 〈세이 세이 세이Say Say Say〉가 자주 흘러나왔다.

몇 년 뒤에 카우아이 섬 노스쇼어에서 집을 구한 적이 있는데, 그때 여기저기 물건을 안내해준 체격 좋은 아저씨 이름이 리처드 브루어였다. 그래서 "유명한 서프보드 셰이퍼와 이름이 같으시군요"라고 했더니(딕은 리처드의 애칭), 그는 몹시 민망해하며 말했다. "이런, 뭘 숨기겠어요. 실은 내가 그 딕 브루어입니다."

네? 어째서 그 딕 브루어가 카우아이 시골에서 부동산업자를 하고 있는 거죠? 물었더니, 더 작은 목소리로 "사실은 말이지, 이런 일 하고 싶지 않지만, 마누라가 나이도 먹을 만큼 먹어서 서핑이나 하고 다녀봐야 돈도 벌지 못하니 앞으로는 착실하게 부동산 일을 하라고 해서 말이죠. 할

무라카미 T

수 없이 하고 있답니다."

　　아주 딱한 이야기였다. 날씨가 좋아서 파도가 기분 좋게 치는 날에는 아무래도 가슴이 설레서 부동산 일이 눈에 들어오지 않는다고 한다. 혼자 몰래 해변에 가서 파도를 바라본단다. 그렇겠지. 그 마음은 나도 잘 안다. 동시에, 부인을 두려워하는 마음도 알고 남는다. 둘이서 맥주를 마시며 서로 위로한 기억이 난다. 아주 좋은 사람이었다. 결국 집은 사지 않았지만.

　　인터넷으로 검색해보니 딕 씨는 '1960년대에는 빅 웨이브 라이더로 알려졌고, 와이메아 베이나 선셋 비치에서 당시 톱 서퍼들과 어깨를 나란히 하고 파도타기를 즐겼다'라고 한다. 그랬구나, 신나고 즐거운 청춘이었겠네. 지금은 어떻게 지내고 있을까?

　　앞쪽 사진 속 티셔츠 세 장은 서핑과 관련된 것들이다. 빨간 티셔츠는 비치샌들의 여름이자 코카콜라의 여름. 좋네요. 흰 티셔츠는 1960년대 서핑뮤직 레코드 재킷을 나

무라카미 T

란히 늘어놓은 것. 그립구나. '스시 블루스'는 옛날 카우아이 섬의 노스쇼어 하날레이 마을에 있던 독특한 초밥집. 블루스를 라이브로 들으면서 초밥을 먹을 수 있었다. 아직 있으려나? 예전의 하날레이는 완전 여유로운 동네, 무진장 멋진 곳이었지. 종일 해변에 뒹굴며 파도와 구름을 바라보고 있어도 질리지 않았다. 노을도 언제나 우아했다. 우쿨렐레 든 사람들이 해변으로 모여들어 노래 부르면서 노을을 보았다. 지금은 어떻게 변했을까?

'그레그 놀'은 유명한 롱보드 셰이퍼다. 이 티셔츠, 디자인이 좋아서 자주 입는다.

햄버거와 케첩

여행으로 미국에 간다. 세관을 통과하고 공항을 빠져나와 시내에 자리 잡자마자 '어디 가서 햄버거부터 먹어야 해' 하는 생각이 든다. 당신은 어떠신지? 적어도 나는 그런 생각이 든다. 지극히 당연한 본능 같기도 하고, 또 어떤 의미에서는 형식적인 의례 같기도 하다. 어느 쪽이든 좋다. 어쨌든 햄버거를 먹으러 간다.

오후 1시 반쯤에 점심 손님이 얼추 빠진 햄버거 가게로 들어가 카운터에 홀로 앉아

무라카미 T

쿠어스 라이트 생맥주와 치즈버거를 주문하는 것이 가장 이상적이다. 패티의 굽기 정도는 미디엄, 버거와 치즈 외에는 양파와 토마토와 양상추와 피클. 사이드 메뉴는 갓 조리한 감자튀김. 마음의 친구로 역시 콜슬로도 주문하게 될 것이다. 그리고 소중한 단짝, 머스터드(디종)와 하인즈 케첩.

시원한 쿠어스 라이트를 차분하게 마시고 주위 사람들의 술렁임과 접시나 잔이 부딪히는 소리를 들으면서 혹은 이국의 공기를 주의 깊게 들이마시면서 치즈버거 접시가 나오기를 기다린다. 이런 일련의 과정을 거치는 동안에 비로소 '아, 그렇지, 또 미국에 왔구나……' 하는 실감이 솟아난다.

눈을 감고 정경을 떠올리기만 해도 입속에 건전한 침이 가득 고이지 않습니까.

최근에는 일본에도 본격적인 햄버거를 먹을 수 있는 가게가 늘어서 물론 경하할 일이긴 하지만, 미국 길모퉁이에서 아무렇지도 않게 당연한 듯이 먹는 햄버거는 맛있고 맛없고를 떠나 뭔가 각별한 맛이 있잖습니까.

　　메인 티셔츠의 메시지는 문자 그대로 "나는 케첩에까지 케첩을 뿌린다"라는 의미이다. 어지간히 케첩을 좋아하는군. 뭐든 다 케첩을 뿌려 먹는 (일부) 미국인을 놀리는 것일 텐데, 그 티셔츠를 만들어 배포하는 곳이 케첩 제조사인 하인즈라는 점이 흥미롭다. 자학 소재라고 해도 좋을지 모르지만, "소피스티케이션sophistication 따위 알 게 뭐야! 나 좋을 대로 살 거야!" 하는 아메리칸 스피릿의 진취적이고 반성 없는 명랑함을 느끼지 않을 수 없다.

　　이 티셔츠를 입고 거리를 걸으면 종종 미국인이 말을 건다. "좋네, 그 티셔츠" 하고. 대체로 케첩을 정말 좋아할 듯한 선남선녀로, 거의 내장지방 비만형 시민들이다. "너하고 같은 취급은 하지 말아줄래"라고 말하고 싶을 때도 더러 있지만, 대부분 "그래, 좋지, 하하하" 하고 나도 밝게 인사를 건넨다. 그런 티셔츠 커뮤니케이션이 소소하게

무라카미 T

위스키

위스키 좋아하세요? 나는 아주 좋아합니다. 날마다 마시는 정도는 아니지만, 그럴 만한 상황이 되면 기꺼이 잔을 기울인다.

특히 깊은 밤 혼자 조용히 음악에 귀를 기울이고 있을 때 마시는 술로는 위스키가 가장 어울린다. 맥주는 너무 묽고, 와인은 너무 우아하고, 마티니는 너무 젠체하고, 브랜디는 좀 정리하는 기분이 들고⋯⋯ 그렇다면 이건 뭐 위스키 병을 꺼낼 수밖에 없죠.

나는 대체로 일찍 자고 일찍 일어나는

무라카미 T

패턴으로 살지만, 이따금씩 늦게까지 깨어 있는 밤이 있다. 그럴 때에는 주로 위스키 잔을 기울인다. 그리고 익숙한 옛날 레코드를 턴테이블에 올려놓는다. 뭐니 뭐니 해도 재즈죠. 여기서는 역시 CD보다 옛날 비닐 레코드 쪽이 분위기에 어울린다.

이럴 때의 나는 누가 뭐라 해도 '트와이스 업'으로 마시는 걸 좋아한다. 바 같은 데서 맛있어 보이는 얼음이 있으면 온더록스로 마실 때도 있지만, 집에서는 대체로 트와이스 업으로 마신다. 만드는 법은 간단하다. 잔에 위스키를 따르고(정식으로는 다리 있는 잔이 좋다), 거기에 동량의 물(상온)을 붓는다. 잔을 휘이 돌려서 섞는다―끝. 아주 간단하다.

스코틀랜드 아일라 섬에 갔을 때 지역 주민들이 "이게 가장 맛있게 위스키를 마시는 법이죠" 하고 가르쳐주어서 그 후로는 주로 그렇게 마셨다. 잘난 척 떠들고 싶지 않지만, 이렇게 마시면 확실히 위스키 고유의 풍미를 잃지 않

고 마실 수 있다. 특히 아일라 섬 현지의 물에는 독특한 향이 있어서 아일라의 싱글몰트와 절묘하게 어울렸다. 같은 위스키여도 일본에서 미네랄워터로 희석하여 마시는 것과는 맛이 좀 다르다. '토지의 힘'이랄까, 그 차이는 어쩔 수 없다.

말할 것도 없지만, 위스키가 고급이면 고급일수록 그리고 풍미가 확실하면 확실할수록 트와이스 업이라는 심플한 음주법이 옳다. 설마 보모어 25년산을 하이볼로 꿀꺽꿀꺽 마시지는 않으시죠? 물론 무엇을 어떤 방법으로 마실지 개인의 자유이긴 하지만(그리고 나도 진구 구장에 가면 구장 특제 진구 하이볼을 애호합니다만).

아일라 섬 옆에 있는 주라라는 작은 섬에 머문 적이 있다. 이 섬에도 싱글몰트가 유명한 증류소가 있는데, 그곳 물도 맛있었다. 아일라와는 또 다른 물맛이다. 그 물로 희석한 주라 위스키도 맛이 독특했다. 증류소의 숙소에 머물면서 매일 위스키를 맘껏 마시고, 지역 요리를 먹고…… 그런 날들을 보낸 것만으로도 지금까지 살아온 보람이 있었다고 생각한다.

　우리 집에는 위스키 회사에서 만든 티셔츠가 꽤 많지만, 아침부터 위스키 티셔츠를 입고 돌아다니는 것도 좀……. 남들 눈에는 알코올의존증 아저씨로 보일지도 모른다. 그래서 이 챕터의 티셔츠들은 유감스럽게도 그리 자주 입지 않습니다.

차분하게 무라카미를 읽자

일본에서는 별로 하지 않지만, 외국에서는 책이 출판되면 홍보를 위해 티셔츠나 토트백이나 모자 같은 굿즈를 만드는 일이 꽤 있다. 각 출판사에서 "이런 것을 만들었습니다" 하고 보내준 굿즈가 상당히 많다. 한 상자 가득 되지 않을까.

그건 뭐 좋은데 그렇게 받은 티셔츠를 입고 거리를 다닐 수 있는가 하면 당연히 그런 짓은 못 한다. 무라카미 하루키 씨가 'Haruki Murakami'라고 대문짝만 하게 쓴 티셔츠를 입

KEEP
CALM
AND
READ
MURAKAMI

무라카미 T

고 백주 대낮에 도쿄의 대로를 걸어 다닐 수는 없잖아요? 혹은 그런 토트백을 들고 중고 레코드를 사러 갈 수도 없잖아요? 그래서 티셔츠나 홍보물은 그냥 곱게 상자에 담긴 채 벽장에서 쿨쿨 잠들어 있다. 기껏 만든 것을 입어보지도 못하고 아깝다. 백 년쯤 지나면 '당시의 진기한 자료' 같은 것으로 사랑받을지도 모르겠지만…….

　'KEEP CALM' 티셔츠는 몇 년 전 스페인 출판사에서 만든 것이다. "마음을 차분하게 하고, 무라카미를 읽자." 좋다. 아주 멋진 카피다. 'KEEP CALM AND CARRY ON(평정을 지키며 일상생활을 계속하자)'은 원래 제2차 세계대전이 막 시작되려 할 때 영국 정보부가 민심을 안정시키고 패닉 발생을 막기 위해 만든 포스터 속 문구다. 최근 재조명을 받더니 어째선지 널리 인기를 얻어 곳곳에서 사용하고 있다. 리먼 쇼크˚ 때에는 금융기관이 이 포스터를 대량

˚　　미국 대형투자은행 리먼브러더스의 파산으로 촉발된 세계적인 금융위기

<u>으</u>로 발주했다(당연하지만 효과는 거의 발휘하지 못했다).

내 티셔츠도 그렇게 생긴 것이다. 고양이 그림이 너무 귀엽지만 아무래도 본인이 입을 수는 없다. 어쨌든 그건 그렇고 세상이 술렁거리고 어수선할 때 차분하게 앉아 독서에 정진하라는 뜻이 아주 좋다. 부디 꼭 그래 주십시오.

《댄스, 댄스, 댄스》 티셔츠는 1990년대 초에 이 책이 미국에서 출판됐을 때 만들어졌다. 사사키 마키 씨의 표지 그림을 사용했다. 아마 내게 최초의 홍보용 티셔츠였을 것이다. 지금은 그리운 기념품이다. 이것도 물론 입은 적은 없지만.

《노르웨이의 숲》 티셔츠는 영국 출판사에서 만들었다. 일본에서 이 책이 상하권으로 나온 것이 '쿨하다' 하여, 2000년에 빨간색과 초록색 두 권짜리(박스세트)를 특별히 제작하고, 거기에 맞춰 프로모션용으로 두 색 티셔츠도 만들었다. 정말 애써준 것은 인정하고 감사한데, 이것도 절대

T15
T16

차분하게 무라카미를 읽자

로는 아니지만 본인은 입을 수 없다. 본인이 아니어도 이런 걸 커플룩으로 입으면 너무 튀어서 난감하지 않을까.

　　마지막은 TOKYO FM에서 내가 디제이를 한 프로그램의 프로모션을 위해 만든 티셔츠다. 후지모토 마사루 씨의 멋진 그림을 사용했는데, 후지모토 씨는 젊은 나이에 병으로 세상을 떠났다. 독특한 화풍을 가진 재능 있는 사람이었는데 정말 안타깝다. 라디오 프로그램…… 이따금 하고 있으니 혹시 기회가 되면 들어주세요(홍보).

○　　오른쪽 티셔츠 속 문장은 "이 프로그램은 무라카미 하루키 사상 최초, 직접 디렉터가 되어 테마에 맞춰서 선곡하고 이야기합니다!"

레코드 가게는 즐겁다

워낙 레코드라는 걸 좋아해서 철들었을 때부터 용돈을 털어서 마구 사 모았다. 갖고 싶은 레코드가 있으면 점심을 굶어가며 돈을 모아서 샀다. 그로부터 반세기 이상 지난 지금도 여전히 레코드를 사 모으고 있다. 중고 레코드 가게에서 정신없이 레코드를 찾으며 한 시간 정도 시간을 보내는 것이 더할 나위 없는 기쁨이다. 사 온 레코드를 물끄러미 바라보거나 냄새를 맡기만 해도 행복한 기분이 든다.

지금까지 전세계 곳곳의 레코드 가게에

GLENN GOULD
THE COMPLETE BACH COLLECTION

VINYL
JUNKIE

가보았다. 나는 주로 재즈 레코드를 수집하지만, 재즈에서 눈에 띄는 게 없으면 클래식이나 록 코너도 뒤지기에 레코드 양은 점점 늘어났다. 난감한 일이지만 뭐 중독이랄까, 병 같은 것이라 어쩔 수 없다. 게다가 다른 병이나 중독에 비하면 그리 해가 될 것도 없고……(변명).

　　전세계 다녀본 가운데 중고 레코드 가게만 본다면 어느 도시가 가장 매력적일까? 최고는 뉴욕이다. 가게 수도 많고 내용도 충실하다. 가격 또한 적당하다(비싼 곳은 무척 비싸지만). 두 번째는 스톡홀름. 북유럽에는―특히 스웨덴에는― 열광적인 재즈 팬이 많고, 또 레코드를 소중히 여기는 풍토인지 꽤 재미있는 것이 발견된다. 나는 이 도시에 일주일 정도 머물면서 내내 레코드를 찾아다녔는데, 조금도 질리지 않았다. 같은 가게에 사흘 들렀더니(물건이 충실한 가게여서 제대로 보는 데 사흘 걸렸다) 얼굴을 익혀서 아저씨가 "더 진기한 것 보고 싶은가요?" 하고 물었다. "보고 싶어요"라고 했더니 안쪽으로 안내해 비밀 레코드 진열장을

레코드 가게는 즐겁다

무라카미 T

보여주었다. 보통 손님한테는 보여주지 않는 진열장이다. 당연히 진기한 것이 잔뜩 있었다. 그야말로 천국이었다.

세 번째는 코펜하겐. 스톡홀름보다는 스케일이 한 단계 떨어지지만 여기도 흥미로운 중고 레코드 가게가 많다. 교외로 나가야 하므로 자전거를 빌려서 돈다. 네 번째는 보스턴. 나는 이곳에 삼 년 정도 살아서 주변 중고 레코드 가게 사정에 상당히 밝다. 열두 군데 정도의 레코드 가게를 주 1회꼴로 돌았다. 차를 운전해서 도니까 도시여서 주차장을 찾기 어렵다는 문제가 있었다. 레코드 찾는 데 넋이 빠져 시간 가는 것도 잊고 있다가 곧잘 주차위반 딱지를 끊겼다. 20달러짜리 수표를 써서 보스턴 경찰 앞으로 보냈다.

파리나 런던이나 베를린이나 로마 같은 도시의 중고 레코드 가게에는 그 정도로 흥분시키는 것들이 없다. 꽤 여기저기 찾아다녔지만 진기한 것은 거의 보지 못했다.

어째서일까?

무라카미 T

요전에 멜버른을 다녀왔다. 전에 시드니에 한 달 정도 머물며 중고 레코드 가게를 찾아다닌 적이 있는데 별로 수확이 없어서 실망했다. 그래서 거의 기대하지 않고 갔는데, 멜버른, 중고 레코드 가게만 보자면 상당히 설레는 곳이었다. 대학가에 가니 재미있어 보이는 헌책방과 레코드 가게가 줄지어 있어서 어슬렁어슬렁 돌아다니는 것만으로도 즐거웠다. 중고 레코드 가게를 표시한 친절한 지도가 있고, 손쉽게 탈 수 있는 시가전차가 있어 돌아다니기도 편했다. 레코드 마니아 여러분에게 꼭 추천하고 싶은 장소입니다. 와인도 맛있고.

그리고 의외로 재미있는 곳이 호놀룰루로, 전문 중고 가게는 적지만 '굿윌' 같은 자선매장에서 깜짝 놀랄 만큼 진귀한 것을 만날 때가 있습니다. 그것도 한 장에 1달러로. 예를 들자면…… 얘기가 길어지니 다음에 또.

동물은 귀엽지만 어렵다

동물 그림 티셔츠를 입고 있으면 여성들에게 "와, 귀엽다" 하는 말을 들을 가능성이 높다. 그건 물론 좋지만, 마치 여성들에게 "와, 귀엽다" 하는 말을 듣고 싶어서 그런 티셔츠를 입은 것 같은 불편함을 느낄 때가 문득 있다. 그런 의미에서 동물 그림은 여간 어려운 게 아니다. '오사카 아주머니 → 호피무늬'라는 이미지와는 또 다른 의미로……. 그래서 솔직히 말하면 내가 이런 동물 그림 티셔츠를 입는 일은 거의 없다.

무라카미 T

그런데 이렇게 모아놓고 보니 역시 귀엽다.

펑크 머리를 한 니퍼° 티셔츠는 매사추세츠 주 캠브리지의 작은 중고 레코드 가게 '플래닛'의 오리지널 티셔츠. 이 가게는 하버드 대학교 정문 근처에 있다. 가게 앞에 상당히 근사한 티셔츠가 많았지만, 정작 본업인 레코드는 그리 건질 게 없었던 걸로 기억한다. 그보다는 근처에 '타마린드 베이'라는 분위기 있는 인도 요리점이 훨씬 매력적이었지…… 하고 여기서 말해봐야 소용없지만.

예전에 미국 영화관에서 〈매드맥스 2〉를 볼 때, 앞자리에 펑크 머리를 한 사람이 앉아서 화면이 잘 보이지 않았다. 딱히 그런 헤어스타일을 한 사람한테 편견은 없지만 영화관에서는 좀 난감하더군요.

여우 그림 티셔츠는 호놀룰루의 자선매장에서 샀는데, 어찌 된 사연의 티셔츠인지는 몰랐다. 나중에 알고 보

○　축음기에 귀를 기울이는 그림으로 유명한 개. HMV그룹 등 여러 회사의 트레이드마크가 되었다

니 〈왓 더즈 더 폭스 세이 What Does The Fox Say〉라는 노래가 2013년에 세계적으로 히트했다고 한다. 유튜브에서 찾아보니 좀 별로였다. 그런 이유로 이 티셔츠도 거의 입지 않습니다.

원숭이 조지° 티셔츠도 어디서 샀는지 잘 기억나지 않는다. 그림이 귀여워서 냉큼 산 것 같은데, 이 티셔츠를 입고 대로를 걸을 용기는 여간해서 나지 않는다. 바하마 해변쯤에서 스리슬쩍 입고 다녀볼까 싶지만, 좀처럼 바하마까지 갈 여유가 없어서…….

마지막 티셔츠는 지금은 세상을 떠난 친구인 일러스트레이터 안자이 미즈마루 씨한테 받은 것. 가타카나로 '나무늘보'라고 쓰여 있다. 쓰여 있지 않았더라면 나뭇가지에 매달린 이 생물이 무엇인지 도통 알 수 없었을 것이다. 미즈마루 씨는 곧잘 이런 수법을 썼다. 닮은 그림을 그려도

○   미국 애니메이션 〈호기심 많은 조지〉의 주인공

동물은 귀엽지만 어렵다

무라카미 T

별로 당사자와 닮지 않아서 옆에 '미야모토 다케조'라든가 '링컨'이라고 이름을 써둔다. 일단 이름이 옆에 있으면 "그러고 보니 미야모토 다케조네" "아, 확실히 링컨이네" 하게 되니 신기하다. 생각해보면 미즈마루 씨는 참으로 특수한 재능을 가진 사람이었다.

어쨌든 이것은 '나무늘보'입니다. 이 티셔츠를 입고 있으면 반드시 여성들에게 "우아, 귀엽다!" 하는 소리를 들을 겁니다. 입은 적 있냐고요? 아직 없습니다.

의미불명이지만

　엘레나 사이버트라고 작가 사진을 전문으로 찍는 여성 사진작가가 있다. 뉴욕에 가면 사진을 찍기 위해 그리니치 빌리지 근처에 있는 그의 스튜디오에 가끔 방문한다(실제로는 출판사에서 가게 하는 거지만). 당연히 '저자 인물 사진'을 전문으로 찍는 만큼 실력은 확실하다. 그와는 그럭저럭 이십 년 이상을 알고 지냈다.

　매번 몇 종류의 옷을 촬영용으로 갖고 가는데 무지 티셔츠가 그의 올 타임 페이버릿이다. 사진 촬영 때 무지 티셔츠만 한 옷이 없

다는 것이 그의 지론이다. "앙리 카르티에 브레송이 찍은 트루먼 커포티의 멋진 티셔츠 차림을 보세요"라고 그는 말한다. 음, 뭐 아주 멋진 사진인 건 확실하지만……

　　나도 물론 무지 티셔츠를 좋아하고 일상생활에서 가장 많이 입긴 하지만, 그다음으로 자주 입는 것은 이런 유의 레터링만 있는 티셔츠다. 그것도 의미 있는 문맥을 가진 문장이 아니라 "이건 대체 무슨 뜻이지?" 하고 고개를 갸웃거릴 법한, 투박하게 글씨만 인쇄된 것이 좋다. 그림 있는 티셔츠처럼 질리는 일도 없고 메시지성도 적고 자태가 깔끔하다. 다른 옷과 맞춰 입기도 쉽다. 그래서 그런 티셔츠를 발견하면 바로 사버린다.

　　그런데 이 'DMND'라는 것은 대체 뭘 의미하는 걸까? 구글에서 찾아보니 'Digital Marketing Nanodegree'라는 회사의 약자라고 한다. 혹은 'Digital Youth'라는 록밴드의 약자라고도 한다. 혹은 그냥 'Damned(저주받은 자)'의 약자일지도 모른다. 아무런 설명도 없는 채, 아무것도 모르는

무라카미 T

채, 나는 'DMND'라고 대문짝만 하게 쓴 티셔츠를 입고 거리를 활보한다. 괜찮을까, 별일 없을까, 이따금 불안하지만, 아직 누군가가 욕을 퍼붓거나 느닷없이 치거나 하는 일은 없었으니 딱히 해는 없는 모양이다.

'ENCOUNTER'도 잘 모르겠다. 물론 '해후' '만남'이란 뜻이지만, 무엇 때문에 만든 티셔츠인지 전혀 모르겠다. 이것도 구글에서 찾아보니 일본의 록밴드 이름(세상에는 록밴드가 엄청나게 많죠)과 시부야의 이탈리안 레스토랑이 나오는데 둘 다 아닌 것 같다. 그러나 디자인이 마음에 들어서 비교적 애용하고 있다. 만남 사이트의 티셔츠가 아니라면 좋겠다.

'ACCELERATE'는 록밴드(또 록밴드다) R.E.M.이 만든 홍보용 티셔츠여서 이것은 뭐 일단 안심하고 입을 수 있다.

'SQUAD'도 수수께끼입니다. 의미로는 '분대分隊'이지만 대체 무슨 분대일까? 특별히 해가 없기를 기도하면서

무라카미 T

입고 다니는 매일입니다. 각각 뜻을 아는 분 계시면 가르쳐

주세요(모두 미국의 중고매장에서 구입했습니다).

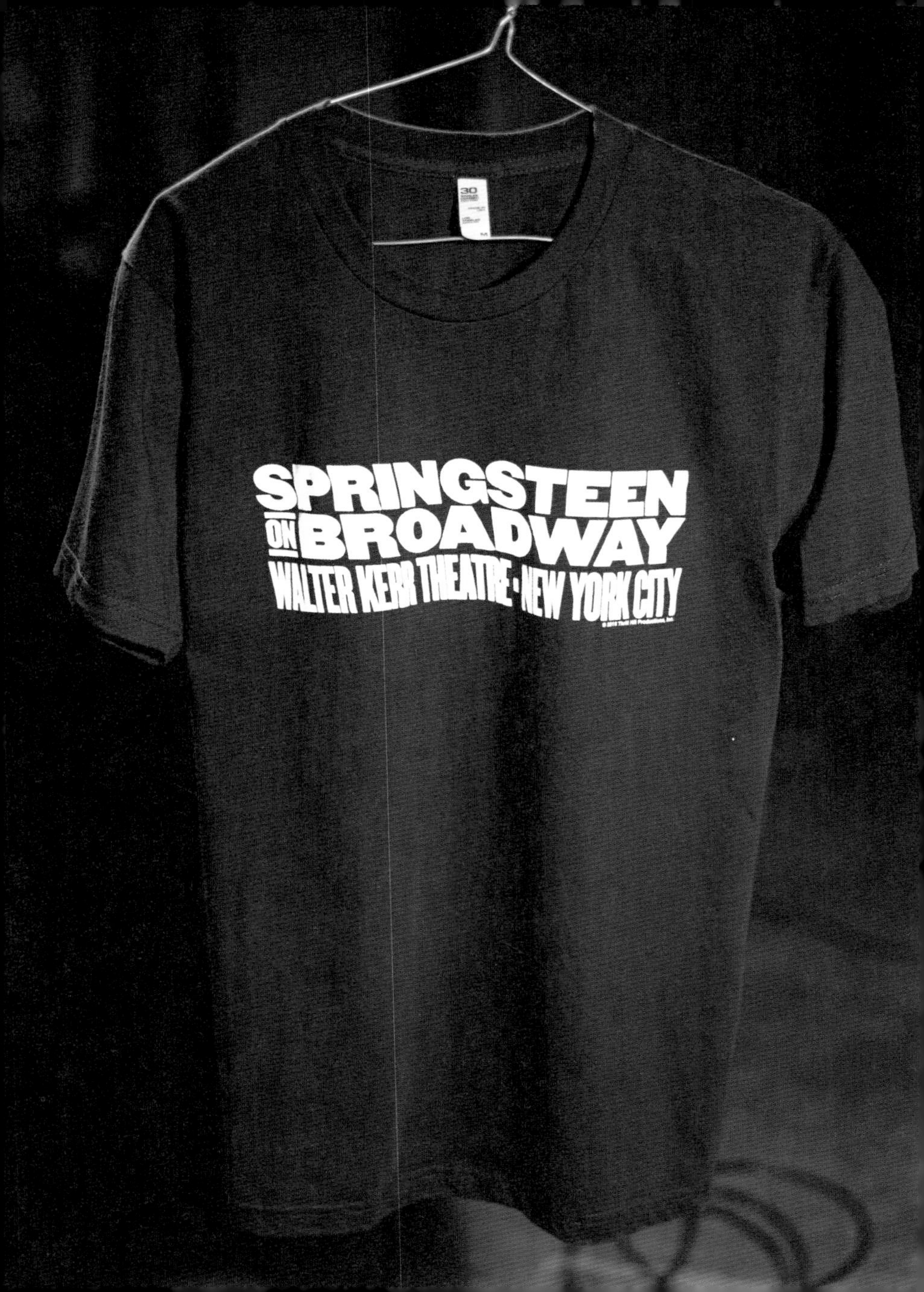
SPRINGSTEEN
ON BROADWAY
WALTER KERR THEATRE · NEW YORK CITY

스프링스틴과 브라이언

삼십오 년쯤 전의 일이다. '제프 벡 일본 투어' 티셔츠를 입고 뉴올리언스 호텔의 엘리베이터를 탔는데 같이 탄 미국인 아저씨가 말을 걸었다. 덩치가 커다란 미국인이었다.

"내 아들, 제프 벡"이라고 그는 말했다.

"네?" 하고 나는 되물었다. 무슨 말을 하는 건지 순간 알아듣지 못했다.

"그러니까 말입니다. 내가 존 벡이고 아들이 제프리 벡이라고. 제프라고 부르죠."

"하지만 그 기타리스트와는 관계없죠?"

"아, 전혀 관계없죠. 그냥 이름이 같을 뿐."

그렇게 대답하면 난감하다. 거기에서 대화가 더 발전할 여지가 없으니. 아드님 잘 계십니까? 하고 물을 수도 없고(모르는 사람이니까). 그다음부터는 둘 다 말없이 엘리베이터를 타고 올라갔다.

콘서트에 가면 티셔츠를 산다. 콘서트가 즐거웠으니 좋은 기념품으로……. 그러나 실제로 별로 입진 않는다. 기념으로 챙겨두기만 할 뿐.

'스프링스틴 온 브로드웨이' 티셔츠는 2018년 10월에 사온 것이다. 보통 브루스 스프링스틴이라고 하면 부도칸이나 도쿄돔 같은 곳에서나 들을 수 있다. 그런데 정원 1천 명도 안 되는 뉴욕 브로드웨이의 극장 '월터 커 시어터'에서 들을 수 있다니 엄청난 인기여서 표는 완전히 매진 상태였다. 간신히 연줄을 이용해서 표를 구해 다녀왔습니다. 굉장했어요. 6미터인가 7미터 앞에서 브루스가 생목소

리로 노래를 불렀다니까요. 표는 한 장에 850달러나 했지만, 평생에 한 번일지도 모르니까 힘을 좀 썼습니다. 물론 티셔츠도 사 왔죠.

브루스 스프링스틴은 나와 동갑이다. 몸도 다부지고 굉장히 건강해 보였다. 목소리도 전혀 늙지 않았다. 나도 노력해야지.

비치 보이스 티셔츠도 몇 년 전에 호놀룰루에서 본 콘서트 기념 티셔츠. 비치 보이스라고 해도 지금은 리더 브라이언이 빠지고, 실질적으로는 마이클 러브=브루스 존스턴 아저씨 밴드여서 하와이와 비치 보이스라는 절호의 조합에도 객석 분위기는 그리 달아오르지 않았다. 그러나 티셔츠 디자인이 너무 멋있어서 사 왔다.

거기에 비하면 브라이언 윌슨 님의 스마일 투어는 역시 분위기가 좋았다. 목소리가 그리 잘 나오지 않아서 가성 부분은 다른 사람이 불러주었지만, 그래도 "오, 브라이

무라카미 T

언이 눈앞에서 〈서프스 업Surf's Up〉을 부르고 있어!" 같은 감동이 있어 공연장은 달아올랐다. 역시 음악에는 카리스마가 중요하다고 생각합니다. R.E.M.의 티셔츠는 덤. 이 앨범°, 상당히 좋아했다.

○   R.E.M.의 아홉 번째 정규 앨범《Monster》

폭스바겐은 훌륭할지도

티셔츠 그림에는 다양한 종류가 있지만, 장르별로 말하자면 자동차 그림 티셔츠를 제대로 소화하는 데 의외로 꽤 수준 높은 기술이 요구된다.

이를테면 페라리나 람보르기니가 그려진 티셔츠는 통상의 사회적 감각을 가진 어른은 일단 소화하지 못한다. 쿠엔틴 타란티노 같은 괴짜라면 몰라도 보통은 그런 옷을 입으면 "애냐" 하는 소릴 듣기 마련이다.

또 그렇게까지 '슈퍼카' 방면으로 가지

New Beetle

Volkswagen

않더라도 벤츠, BMW, 포르셰쯤만 해도 그 나름의 장치가 없는 한 "장어덮밥 특상에 기모야키° 추가!"라고 하는 소소한 동네 부자 같은 분위기가 나서 싸늘한 결과로 끝날지도 모른다. 아마 그만두는 편이 안전할 겁니다.

그렇다고 스즈키의 '허슬러'나 토요타의 '프리우스' 티셔츠를 입고 싶은가 하면 그럴 마음은 좀처럼 들지 않는다. 적어도 나는 들지 않을 것 같다. 현실에서 아직 그런 티셔츠를 본 적이 없어서 100퍼센트 단언할 수는 없지만, 아마도.

뭐, 이렇게 팔짱 끼고 이런저런 생각을 하다 보면 아무래도 "폭스바겐 정도가 딱 좋으려나" 하는 결론에 이르게 된다. 신기하게 폭스바겐이 그 적정한 포지션에 딱 들어맞더라고요.

이를테면 빨간색 '뉴 비틀°°' 티셔츠는 제법 부담

○   장어 간구이
○○   폭스바겐의 준중형차

무라카미 T

없이 입을 수 있어서 좋다. 거리에 입고 다녀도 그리 민망하지 않고 딱히 으스대는 것처럼 보이지도 않는다. 비틀도 물론 중산계급층 느낌이긴 하지만, 궁상맞지 않고, 나름대로 타는 사람의 라이프스타일도 넌지시 보여준다.

한 가지 더, 같은 폭스바겐의 SUV '투아렉' 티셔츠다. 이것도 그저 심플하게 글씨뿐이라─그것도 발음기호로─ 자연스러워서 좋다. 차 자체도 포르셰 '카이엔'과 플랫폼이 같은데 전혀 고급스럽게 보이지 않는다는 점이 왠지 모르게 호감이 간다……는 건 아무튼 됐고, 티셔츠 디자인을 두고 말하자면 폭스바겐, 상당히 노력하고 있다. 자동차의 장래에 관해서는 잘 모르겠지만 티셔츠 업계에서는 앞으로도 건투해주기 바란다. 멀리서나마 응원할게요.

'스마트' 그림도 꽤 괜찮다. 이것도 평범하게 입기 좋다. "8월에는 매주 한 대씩 차가 당첨됩니다"라는 말이 무슨 소리인지 불명확하지만.

무라카미 T

영국 자동차로 넘어가서 '셸비 코브라', 으음, 이건 상당히 아슬아슬하다. 실제로 입어보지 않으면 알 수 없을 것 같다. 꼼데가르송 재킷 아래에 **터프하게** 입는다면 나름대로 괜찮을지도…….

시원한 맥주 생각이 절로 나다

    전업소설가가 되고 얼마 후부터 달리기를 시작했다. 매일 책상 앞에 앉아 일을 하다 보면 아무래도 운동부족이 된다. "뭐라도 운동을 해야겠어" 결심하고 근처를 뛰기 시작했는데 그러다 보니 달리기에 푹 빠져서 대회까지 적극적으로 출전하게 됐다. 그 후 사십 년 가까이 해마다 최소 한 번은 풀 마라톤을 완주하고 있다.

    풀 마라톤뿐만 아니라 하프나 10킬로미터 대회에도 나가고, 100킬로미터의 울트라

무라카미 T

도 달렸고, 철인3종 경기에도 종종 나갔다. 당연하지만 그래서 받은 '완주 티셔츠'가 산더미처럼 쌓였다. 기념품이니 전부 상자에 넣어 보관하고 있긴 한데, 그런 옷은 평상시에 입는 일이 일단 없고 장소도 많이 차지하고…… 말입니다.

그런 티셔츠 더미에서 넉 장 정도 적당히 꺼내왔다.

1998년 뉴욕 시티 마라톤(NYCM). 다섯 명의 선수가 손을 잡고 달리는 것은 NYCM이 뉴욕 시의 5개 구(보로°)를 빠져나가는 코스이기 때문이다. 이 코스가 아주 재미있다. 정통파 유대교도만 사는 지역, 브라질인만 사는 지역, 거의 아프리카계 주민만 사는 지역 등 평소에는 별로 가볼 일 없는 곳을 두 다리로 달려 지나갈 수 있다. 정말 멋진 체험이다. 뉴욕이라는 거대한 도시의 참모습을 알려면 이 대회에 참가해야 한다는 게 사소하고 개인적인 의견입니다.

다만 이 대회는 러너에게 상당히 거칠다. 도중에 다

○ borough. 맨해튼, 브루클린, 퀸스, 더브롱스, 스태튼아일랜드

리를 몇 개나 건너야 한다. 현수교는 한복판이 쑥 높아져서, 오르내리는 것만으로 상당한 에너지를 소모한다. 마지막의 센트럴파크도 언덕길이 많아서 완전 녹초가 된다. 그러면서 내 최고 기록은 1991년 NYCM에서 나왔지만.

1998년에는 또 무라카미 철인3종 경기에도 출장했습니다. 건강했지요. 이 티셔츠를 외국에서 입고 있으면 "무라카미 씨, 철인3종 경기 대회도 주최했어요?" 하는 질문을 받기도 하는데, 당연히 그런 일은 없습니다. 니가타현 무라카미 시에서 철인3종 경기 대회를 개최하고 있어서 나는 그저 참가만 했을 뿐. 인척 관계 같은 건 없다. 나는 이 대회를 좋아해서 지금까지 다섯 번인가 여섯 번은 나간 것 같다. 레이스를 마친 뒤, 지역 명주名酒인 시메하리쓰루로 건배하는 것이 습관이었다.

2006년 보스턴 마라톤. 보스턴은 내가 가장 좋아하는 풀코스 레이스다. 길거리의 풍경이 멋있고 응원하는 사람들 열기가 뜨겁다. 이만큼 '전통'의 무게를 느끼게 하는

무라카미 T

대회는 없다. 완주한 뒤 레스토랑 '리걸 시푸드'에 가서 체리스톤이라고 하는 지역 특산 조개를 먹으면서 새뮤얼 아담스 생맥주를 마시는 걸 좋아했다. 레이스의 마지막쯤이면 언제나 그 생각을 하면서 젖 먹던 힘을 다해 달렸다. 시원한 맥주 생각이 절로 나죠.

해마다 하와이의 오아후 섬에서 열리는 그레이트 알로하 런은 지역 사람에게 인기 있는 레이스. 알로하 타워에서 알로하 스타디움까지 13킬로미터 정도를 달린다. 그런데 2006년에는 루이뷔통에서 레이스를 후원했죠. 그렇다고 루이뷔통 티셔츠를 준 건 아니고 그냥 평범한 티셔츠에 'LOUIS VUITTON'이라고 쓰여 있을 뿐이었다. 그러나 "이거 봐, 루이뷔통이야!" 하는 얼굴로 이 티셔츠를 입고 거리를 활보하면 즐거울⋯⋯지도.

책은 어떠신지?

'독서의 계절 가을'이라지만, 여름 오후에 시원한 나무 그늘에서 한가롭게 독서에 빠지는 것도 괜찮다. 가을만 독서의 계절인 건 아니다. 뭐 책을 읽는 사람은 매미가 울건 눈이 내리건, 설령 경찰이 "읽지 마시오"라고 해도 책을 읽을 테고(《화씨 451》참조), 읽지 않는 사람은 무슨 일이 있어도 읽지 않을 테니 계절이야 딱히 아무래도 상관없겠지만······.

각설하고, 이번에는 독서와 관계 있는 티셔츠를 모아보았습니다. 우리 집에는 이런

무라카미 T

게 잔뜩 있습니다만, 이것은 극히 일부.

사진이 크게 찍힌 것은 유명한 미국 오리건 주 포틀랜드의 '파웰스 북스' 티셔츠다. 한 번 간 적이 있는데, 멋진 분위기에, 세련되고 다양한 상품도 근사한 독립서점이다. 큰 창고 같은 러프한 구조로, 여기 가면 하루는 너끈히 보내게 된다. 이런 서점이 우리 집 근처에 있으면 좋겠다.

그곳에서 재미있어 보이는 책을 몇 권 골라서 안고 계산하려는데, 계산대 여성이 "혹시 무라카미 씨 아니세요?"라고 했다. "그런데요" 했더니, "우아!" 이렇게 되어, 그 자리에서 수십 권의 책에 사인을 하는 등 좀 난리였다. 즉석 사인회. 이 티셔츠는 그때 사례로 받은 기억이 난다. 조금이라도 서점에 도움이 됐다면 다행이지만.

그러고 보니 나는 지금까지 신주쿠의 기노쿠니야 서점에서 꽤 많은 시간을 보냈지만, 서점 안에서도 계산대에서도 누가 말을 걸어온 적은 한 번도 없었다. 어째서일까 (물론 나로서는 굉장히 감사한 일이긴 하지만).

　　다음은 'AHS 문예클럽' 티셔츠. 중고매장에서 2달러에 산 것으로 이것이 어떻게 생긴 독서클럽(이겠지)인지 자세한 건 아무것도 모른다. 그러나 "늑대 따위 무섭지 않아"라고 쓰여 있고, 트럼프 병정들이 있고, 세 마리 아기 돼지가 있고, 늑대가 꽃을 한 송이 들고 있는 걸 보니 아동서적 관련일지도 모르겠다. 디자인이 근사해서 마음에 든다.

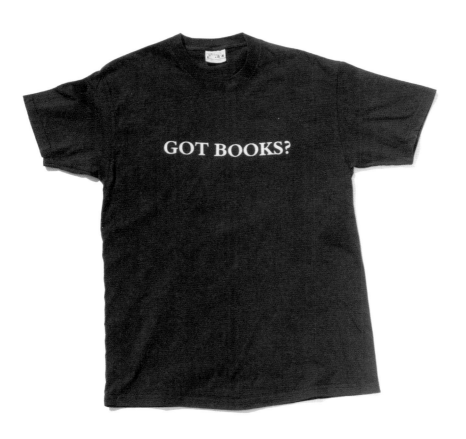

GOT BOOKS?

책은 어떠신지 ?

이 늑대, 보아하니 나쁜 놈은 아닌 것 같다. 하지만 겉모습만 그럴지도 모르고, 어쨌든 늑대이니 일단 조심할 필요가 있다고 생각합니다.

호놀룰루 도서관의 '해마다 열리는 북세일' 티셔츠. 미국 도서관은 한 해에 한 번 불필요해진 책을 팔려고 내놓는 곳이 많다. 이런 즉석판매는 가격이 아주 싸고 재미있는 책도 많아서 책 좋아하는 사람들은 가지 않고는 못 배긴다. 나도 기회가 되면 꼭 보러 간다. 이 티셔츠는 그곳에서 판매를 돕는 자원봉사자에게 나눠주는 것인 듯하다.

"Got Books?" 책은 어떠세요? 여러분, 날마다 바쁘게 지내시겠지만, 부디 짬을 내서 책을 읽어주세요. 책을 사주지 않으시면 작가는 생활을 할 수 없어요. 이것도 호놀룰루의 중고매장에서 샀다.

마지막은 시애틀의 유명한 독립서점 '엘리엇 베이 북 컴퍼니'의 티셔츠. 옛날에 여기서 낭독회를 했을 때 받았습니다. 아주 멋진 북스토어랍니다.

거리의 샌드위치맨

내가 어린 시절에는 '샌드위치맨'이라는 직업을 가진 사람들이 있었다. 몸 앞뒤로 커다란 간판을 매달고 거리를 왔다 갔다 걸어 다녔다. 말하자면 걸어 다니는 광고탑 같은 것이다. 1950년대, 텔레비전도 별로 보급되지 않았고 당연히 SNS 같은 것도 없고, 세상 전체에 미디어란 게 얼마 없던 시절의 얘기다. "나는야 거리의 샌드위치맨" 하는 노래도 유행했다. 1960년대에 들어서서 텔레비전이 보급되어 샌드위치맨이라는 직업도 어느새 세상에서

Bring it.

무라카미 T

자취를 감추었다. 유감입니다…….

요즘 시대에 그 '샌드위치맨' 정신을 확실하게 이어받은 것이 홍보 티셔츠일지도 모른다. 기업은 티셔츠에 자사 로고나 메시지를 넣어서 사람들에게 나눠준다. 사람들은 그걸 입고 거리를 다닌다. 기업 입장에서 보면 무료로 자사 광고를 하는 거나 다름없다. 티셔츠쯤이야 대량으로 만들면 값도 싸니 광고비로 타산이 맞을 것이다.

그래서 거리를 걷다 보면 '무료 샌드위치맨'을 곳곳에서 볼 수 있다.

크게 나온 회색 티셔츠는 미국 스포츠 채널 ESPN의 홍보용 티셔츠. 미식축구, 야구, 축구, 농구 등 스포츠의 왕도가 그림으로 그려져 있다. 알아보기 쉽고 멋지다. 이 중에서 나는 야구를 제일 좋아한다. 파이팅 야쿠르트 스왈로스°…… 이건 아닌가.

○   연고지가 도쿄인 일본의 프로야구단

빨간색 티셔츠는 영국 경제지 〈이코노미스트〉의 티셔츠. 잡지 로고 아래에 'Think responsibly(책임 있게 생각하라)'라고 쓰여 있다. 영국답다고 할까, 과연 격조 있는 메시지다. 그러나 티셔츠에다 뜬금없이 그렇게 어려운 말을 해도 말이지, 라는 생각도 드는군요.

갈색은 구글 티셔츠. 아이콘이 몇 개 있고 아래에 'Google Analytics'라고 쓰여 있다. 나는 이런 쪽에 좀 어둡지만(중고 레코드 가게 사정이라면 과하게 잘 알아도), 구글 애널리틱스란 구글이 제공하는 분석 툴이다. 인터넷에서 검색해보니 '예측분석 알고리즘, 임베디드 분석기능 및 어도비 센세이(Adobe Sensei)의 머신러닝을 활용한……' 어쩌고 하는 설명이 나오는데, 무슨 소리인지 도통 모르겠다. 그러나 무슨 소리인지 모르면서 티셔츠는 잘 입고 있습니다. 티셔츠한테는 죄가 없죠.

다음은 올림푸스. 이것도 미국 중고매장에서 2달러 정도에 샀는데, 등에는 올림푸스 IC 리코더의 상세한 그림

무라카미 T

이 프린트되어 있다. 이런 빈티지한 '제조업' 티셔츠를 입고 있으면 의미는 단순해서, 나도 뭔지 모르게 마음이 편해지는 것 같다.

그런 이유로 나는야, 아니 나도 날마다 은근히 '거리의 샌드위치맨'을 하고 있습니다. 당신은 어떠신지요?

도마뱀과 거북이

도마뱀을 특별히 좋아하는 건 아니지만, 요전에 서랍 속 티셔츠를 정리하다 보니 어째선지 도마뱀 그림 있는 것이 줄줄이 나와서 한데 모아보았다. 공간이 남아서 올리는 김에 거북이도 꺼내기는 했지만, 어디까지나 **올리는** 김에 올린 것이지 '거북이는 도마뱀의 동료'라고 주장하는 건 아니다.

도마뱀이라고 한마디로 표현했지만, 여기 있는 세 마리는 모두 종류가 다른 도마뱀이다. 제일 앞 사진은 갈라파고스 제도에 있는

이구아나. 다른 하나는 하와이의 게코. 또 한 가지는 무슨 종이었더라? 기억이 안 난다. 도마뱀들 사정은 잘 몰라서.

멜버른 동물원에 갔을 때 커다란 도마뱀을 만져본 적이 있다. "괜찮습니다. 물지 않으니 만져보세요" 하고 사육사가 권했다. 내키지는 않았지만, 친절히 말을 건네는데 거절하면 무안할 것 같아서 머리를 살짝 쓰다듬어보았다. 고양이 머리를 쓰다듬듯이. 비늘이 있는, 호주에서밖에 볼 수 없는 진기한 도마뱀으로, 가죽이 빳빳하고 딱딱하고 건조해서 감촉이 묘했다.

도마뱀을 좋아하는 사람에게는 더할 수 없이 귀한 체험이겠지만, 난 별로 그런 취미는 없어서 '기왕 쓰다듬을 거라면 고양이 쪽이 나은데' 생각하며 마지못해 머리를 쓰다듬었다. 도마뱀도 '뭐, 그러든가' 하는 느낌으로 얌전히 있었다.

갈라파고스 제도에는 한 번 간 적이 있다. 섬 어디를 가도 이구아나가 뒹굴고 있어서 처음에는 "오, 이구아나

무라카미 T

다!" 하면서 감동했지만, 점차 "뭐야, 또 이구아나야" 이렇게 됐다. 만약에 판다가 잔뜩 있다면 "뭐야, 또 판다야" 하게 되겠지.

갈라파고스에는 바닷물에 들어가 해초를 먹는 진기한 종류의 이구아나가 있는데 이분들은 한 시간 동안 호흡을 하지 않고 바닷속에 머물 수 있다. 체온을 낮춰 혈류를 멈추기 때문에 가능하다고 한다. 이구아나는 초식이지만, 살고 있는 섬에 식물이 자라지 않아서 그렇게 진화했다. 다윈이 그 '바다 이구아나'를 연구해 '진화론'의 한 예시로 삼았다.

이분들이 한 시간 동안 바다에 들어가 있을 수 있다고 실증한 사람도 다윈이다. 다윈은 십 분 단위로 이구아나를 물속에 넣었고, 칠십 분까지 갔을 때 죽자 "오, 육십 분은 잠수할 수 있구나" 하는 확신을 얻었다. 하지만 생각해보면 칠십 분 동안 물에 잠겨 있던 이구아나가 너무 불쌍하다. 과학이란 얼마나 비정한 것인지.

무라카미 T

그래서 갈라파고스 공항 기념품점에서 이구아나 티
셔츠를 샀다. 다윈에 의해 칠십 분 동안 물에 담가졌다가
죽은 이구아나를 애도하며.

　　최근에 '반사회적 세력'이라는 말을 종
종 듣는데, 도대체 누가 언제부터 쓰기 시작
한 걸까? 야쿠자가 "나는 조직의 몸이다" 하고
위협하면 이쪽도 움찔하겠지만 "나는 반사회
적 세력의 일원이다"라고 해봐야 별로 와닿지
않는다. "아, 예" 하는 느낌으로 끝날 것 같다.
설마 그런 효과를 노리고 만든 용어는 아니겠
지만.

　　'반사회적 세력'의 반대말은 대체 뭘
까? 한참 생각해봤지만 적당한 말이 떠오르

지 않는다. '친사회적 세력' 정도일까. 그러나 사회의 존재 법을 긍정하는 사람들이 하나의 고정된 세력이 되면 그건 그것대로 좀 문제일지도 모른다. 차라리 야쿠자 여러분 쪽 이……라는 말은 물론 할 수 없지만.

자, 그런 건 아무래도 상관없는 일이고, 이번에는 대 학교 이름이 들어간 티셔츠입니다.

앞에 커다랗게 찍힌 것이 프린스턴 대학교 일본어 학과에서 만든 티셔츠. 나는 이 년 반 정도 프린스턴 대학 교에 재직한 적이 있다. 그때 "무라카미 씨, 여기요" 하고 한 장 주었는데 솔직히 별로 입을 기회는 없었다. 나쁘지 않은 디자인이지만, 이런 티셔츠는 어지간히 용기를 내지 않고는 길에서 입고 다니기 그렇죠. 기념품으로 소중하게 간직하고 있습니다.

다음은 예일 대학교의 2016년 졸업식 기념 티셔츠. 나는 이 해 졸업식에 초청받아 명예박사 학위라는 걸 받았 습니다. 대단하죠? 하지만 명예박사 학위를 받아봐야 좋은

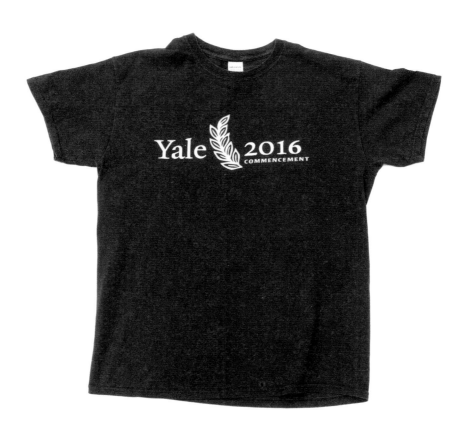

무라카미 T

것도 별로 없습니다. 상금이 있는 것도 아니고 유용한 특전이 있는 것도 아니고. 달랑 얄팍한 증서 한 장 받을 뿐.

그러나 항상 몇 명이 함께 명예박사 학위를 받기 때문에 이런 기회에 꽤 흥미로운 사람을 만날 수 있다. 예일에서는 '셰 파니스'의 오너로, 카리스마 넘치는 요리인인 앨리스 워터스 씨가 옆자리여서 재미있는 얘기를 많이 들었다. 프린스턴 대학교에서 명예박사 학위를 받을 때는 옆에 퀸시 존스 씨가 앉아서 졸업식 내내 재즈 얘기를 했다. 존스 씨는 "나는 마쓰다 세이코 앨범 프로듀서를 했지" 하고 자랑했다. 그보다 더 자랑할 일이 많을 텐데 말이다.

그다음에는 하버드 대학교에서 동일본 대지진 때 만든 지원 티셔츠. 글씨가 작아서 읽지 못하겠지만, 아래쪽에 'A cross-Harvard alliance for the 2011 Tohoku Earthquake and Tsunami Relief'라고 쓰여 있다. '동일본 대지진 구제를 위한 하버드 전체 연합'쯤 되려나. 미국 대학은 일반적으로 사회문제에 개방적이어서 이런 종류의 조직 운동도 자발적으로 신속하게 가동한다. 일본 대학도 본받았으면 합니다. 이런 '친사회적 세력'의 존재는 말할 것도 없이 바람직하죠.

그리고 아이슬란드 대학교 티셔츠. 레이캬비크 문학 페스티벌에 갔을 때 이 대학교에서 강연을 했다. 아이슬란드 인구는 총 35만 명 정도인데, 그중 1만 명이 이 대학교 학생이라니 비율로 치면 엄청나다. 아이슬란드는 아주 재미있는 나라였다. 오로라도 볼 수 있고, 또 가고 싶네.

대학교 티셔츠

하늘을 나는 것

　　나는 수영하는 걸 좋아합니다. 그것도 하염없이 오래 수영하는 것을 좋아합니다. 전에 철인3종 경기를 했기 때문에, 1.5킬로미터 정도는 곧잘 마이 페이스로 크롤° 연습을 했다. '러닝 하이'는 아니지만, 수영에도 '하이' 같은 상태가 있어서 오래 수영하다 보면 점점 기분이 좋아진다. 노래라도 부르고 싶어진다 (곧잘 〈옐로 서브마린Yellow Submarine〉을 부른다. 보글보

○　　양팔로 번갈아 물을 가르는 수영법

글). 그럴 때는 '수영은 하늘을 나는 것 다음으로 기분이 좋구나'라는 생각이 든다.

이런 말을 사람들한테 하면 대개 "무라카미 씨는 하늘을 난 적이 있어요?" 하는 질문이 돌아온다. 아니, 그렇게 물으시면 실제로 하늘을 난 적은 아직 없습니다……. 하지만 왠지 그렇지 않을까 하고 상상하는 거죠. 새가 웃을지도 모르지만.

그래서 이번에는 새 티셔츠 특집입니다. 의식적으로 모은 건 아닌데 나도 모르는 사이에 모였더군요.

메인 사진은 미국 독자가 보내준 '태엽 감는 새 티셔츠'. 멋있지요.《태엽 감는 새 연대기》를 읽고 영감을 받아 만들어보았다고 한다. 정말로 멋진 디자인이다. 이대로 상품화해도 팔리지 않을까. 아주 마음에 들어서 실제로 자주 입는다.

갈색 새는 펠리컨(이라고 생각함). 요전에 갈라파고스에 갔을 때는 주위에 펠리컨이 우글거려서, 미안하지만 '이

하늘을 나는 것

무라카미 T

데 그게 꽤 아팠다. 갈매기와는 놀아주지 않는 편이 좋다고 생각합니다. 상당히 흉포하니까.

'이스트 독 바 & 그릴', 어떤 가게일까?

어디에 있는지 모르겠지만 한번 가보고 싶군요.

슈퍼히어로

최근에는 영화를 보러 갈까 해도 집 근처 영화관에서 상영하는 것이 마블 코믹스를 원작으로 한 영화뿐이어서 '어째서 그럴까' 하고 생각할 때가 많다. 하지만 그렇게 부지런히 시리즈로 만드는 걸 보면 수요가 많겠지. 이 세상은 그렇게도 절실하게 슈퍼히어로의 등장을 원하는 걸까?

내가 소년이던 시절에는 — 이라고 하면 한참 옛날이야기가 되지만 — 텔레비전에서 종종 '슈퍼맨'과 '배트맨'을 보았다. 특히 배

트맨은 재치 만점이어서 효과음 더빙도 'BAOOOOOOM'
하는 식으로 화면에 떴다. 경쾌하고 단순해서 즐거웠다. 그
러나 최근 만든 영화 '배트맨' 시리즈는 스토리가 리얼하다
고 할까, 상당히 어둡다. 처음에는 '저런 것도 신선하고 나
쁘지 않네' 생각하며 봤지만, 점점 피곤해지고 별로 신선하
지도 않아서 "그만 됐어" 하고 말아버렸다.

　　'우주소년 아톰' 티셔츠는 하버드 대학교 생협에서
세일하는 걸 사 왔다. 어째서 '우주소년 아톰' 티셔츠가 하
버드 대학교 생협의 세일 상품이 됐는가? 자세한 건 모릅
니다. 그러나 장소의 의외성에 홀려서 그만 사고 말았다.
우주소년 아톰은 미국에서도 '아스트로 보이'라는 제목으
로 텔레비전 방영되어 인기를 끌었다. 일본판과 같은 주제
가를 영어로 불렀다(이게 정말로 멋있다). 그러나 우주소년
아톰의 다크 사이드를 그린 실사판 영화 같은 건 만들지
않았으면 합니다. 내가 모르는 사이에 이미 만들어졌을지
도 모르지만……

'슈퍼맨'의 이 마크는 '배트맨' 마크와 함께 누가 봐도 아는 유니버설한 상징이 됐다. 너무 유니버설해서 실제로 입는 일은 거의 없다.

또 하나는 아마 '아이언맨'이 아닐까 싶은데 얼굴이 예술적으로 데포르메 돼서 확실하지 않다. 티셔츠에 붙은 라벨이 'MARVEL COMIC'으로 되어 있으니 틀림없이 그쪽 관계일 거라고 생각하지만, 혹시 아는 분 계시면 가르쳐주세요. 티셔츠 디자인으로서는 꽤 괜찮습니다.

마지막으로 잘 모르는 아저씨의 모습이 그려진 티셔츠. 코믹스 관련 숍에서 샀는데 아마 어느 만화의 등장인물이 아닌가 싶습니다. 근데 이건 아무리 봐도 히어로가 아니라 안티 히어로군요. 이를테면 '닥터 노°' 같은. 이것도 혹시 아는 분 계시면 가르쳐주세요.

생각해보면 슈퍼히어로 영화가 이렇게 많으니, 현실

○   영화 〈007 살인번호〉에 등장하는 빌런

무라카미 T

세상에 슈퍼히어로가 출현하지 않아도 그건 그것대로 나쁘지 않은 것 같다. 티셔츠를 정리하면서 문득 그런 생각이 들었습니다.

곰 관련

　　서랍 속 티셔츠를 정리하다 보니 곰 그림이 꽤 눈에 띄어서 이번에는 곰과 관련된 것으로 모아봤습니다. 곰을 그다지 좋아하는 건 아니지만, 어쩌다 보니 수중에 모여버려서 말이죠.

　　오른쪽 사진은 유명한 '스모키 더 베어'를 패러디한 티셔츠입니다. 스모키 더 베어는 1944년에 미국 정부에서 인정받은 삼림화재 방지 캠페인 캐릭터인데, 당시 표어는 "당신만이 삼림 화재를 막을 수 있다!"라는 것이었다.

무라카미 T

1944년이라고 하면 제2차 세계대전 중으로, 일본군이 풍선 폭탄을 사용해 미국 서해안에 산불을 일으키려 계획한 것도 스모키의 등장에 일조한 듯하다. 그러니까 원래는 선량한 사회적 역할을 담당한 곰이었던 것이다.

그런데 티셔츠 속 스모키는 뭔가 성격이 나빠 보인다. 어딘지 모르게 눈매가 불량하고 불붙은 성냥개비까지 꼬나물고 있다. 삐딱하고 반사회화한 스모키. 하지만 어찌됐건 산불만은 일으키지 않도록 합시다. 나도 호주에서 차로 이동하다가 산불을 만난 적이 있는데, 정말로 무서운 것이었다. 일본군의 풍선 폭탄 작전은 결국 성공하지 못했지만, 최근에는 드론이란 게 있어서 상당히 리얼한 위협이 될지도, 하고 주제넘게 걱정하고 있다.

다음 티셔츠는 '벤투라 서프 숍'의 티셔츠. 곰 그림이 있는 것은 곰이 캘리포니아 주의 상징이기 때문입니다. 곰과 캘리포니아라니 뭔가 어울리지 않는 것 같지만, 일단 그렇게 되어 있어서……. 옛날에는 캘리포니아 주에도 곰이 많이 살았나? 이 서핑 숍이 위치한 벤투라 카운티는 산타바버라 근처에 있는 고급 주택지로, 서핑 메카이기도 했다. 티셔츠 속 문구는 'Life's better in Ventura'. 나는 아직 여기에 가본 적이 없지만, 안내 기사를 읽으니 일 년 내내 따뜻하고 비가 적으며 바다가 아름답고 아주 좋은 곳이라고 한다. 이곳에 가면 실제로 인생이 나아질지 어떨지는 잘 모르겠지만.

다음도 캘리포니아에 있는 서핑 숍 '베어 서프보즈'의 티셔츠. 다만 이것은 존 밀리어스 감독의 서핑 영화 〈파도를 가르며Big Waves Day〉에 나온 가공의 가게여서 실제로는 없다(고 생각한다). 그러나 디자인이 훌륭해서 그대로 상품화됐다. 한때 유행했잖아요. 나도 그때 이 티셔츠를 샀는데. 〈파도를 가르며〉, 재미있었죠.

마지막 티셔츠. 이것은 '헐리Hurley'라는 서핑 브랜드에서 내놓은 티셔츠인데, 프린트된 정체불명의 미채색 동물, 이건 대체 뭘까? 고양이 같기도 하고 토끼 같기도

무라카미 T

하고, 나는 도무지 알 수 없어서 일단 곰 관련에 슬쩍 끼워 넣었다. 이 녀석의 정체를 아는 분 계시면 꼭 가르쳐 주세요.

맥
주
관
련

　　내 티셔츠 컬렉션은 아직도 한참 남아 있지만, 언제까지 해도 끝이 없을 테니 이쯤에서 일단 마무리하기로 한다. 그래서 마지막은 역시 맥주 관련 티셔츠. 티셔츠 하면 여름, 여름 하면 맥주……잖습니까. 아니, 뭐 굳이 여름이 아니어도 난로 앞 흔들의자에 앉아 무릎 위 고양이 머리를 쓰다듬으며 차가운 맥주를 홀짝홀짝 마시는 것도 인생에서 큰 행복 중 하나죠.

　　네? 난로도 없고 흔들의자도 없고 고양

이도 없다고요? 그거 안됐군요. 그런데 생각해보니 우리 집에도 그런 건 하나도 없다. 고양이조차 없다. 다만 그런 상황은 분명히 멋질 거라고 상상해보았을 뿐이다. 상상력 이란 중요하니까.

앞에 나온 사진 속 '론 스타'는 텍사스 주의 맥주다. 일본에서는 좀처럼 볼 수 없다. 고고한 별, 론 스타는 텍사스 주의 상징이다. 마신 적 있느냐고요? 없습니다. 어떤 맛일까.

다음은 '하이네켄', 이건 유명하다. 누구나 다 아는 네덜란드 맥주. 나는 미국에 가면 곧잘 이 맥주를 마신다. 시끄러운 바 같은 데에서는 바텐더에게 소리를 지르며 주문해야 할 때가 있는데, 그럴 때 발음이 가장 잘 통하는 것이 하이네켄이다. '밀러'나 '새뮤얼 아담스'를 외쳐도, 경험으로 말하자면 제대로 통하지 않는다. 자칫하면 럼콕이 나오기도 하고…….

다음은 이것도 유명한 '기네스', 아일랜드 맥주이

T71

무라카미 T

다. 본고장 아일랜드에서 기네스를 마신 적 있습니까? 이 건 뭐 말할 수 없이 맛있다. 아일랜드를 돌고 나서 다른 도시에 갈 때마다 펍에 들어가 기네스를 마신다. 그러면 도시마다 가게마다 맥주 온도나 거품이 생긴 정도 등 조금씩 맛이 다르다. 그게 재미있어서 여러 도시에서 기네스를 주문해서 마셨다……라고 쓰고 보니 기네스가 너무 마시고 싶어지네요. 마침 근처에 아일랜드 펍이 있는데 그 가게의 멀리건 스튜가 굉장히…… 아니, 그 전에 이 원고를 다 써야지.

  마지막은 '블루 헤런 페일 에일'로, 이것은 오리건 주 포틀랜드의 맥주이다. 포틀랜드는 맥주의 황금지대라서 맛있는 수제 맥주를 파는 가게가 많다. 포틀랜드의 월래밋 밸리에서는 질 좋은 홉이 자라서 맥주 산업이 발전했다. 나도 포틀랜드에 갔을 때는 맥주를 꽤 많이 마셨다. 블루 헤런은 '왜가리'라는 뜻으로, 포틀랜드의 시조市鳥입니다. 알고 계셨습니까? 모르셨겠죠.

무라카미 T

그래서 그 '블루 헤런 페일 에일'을 너는 마셨느냐고
요? 기억이 나지 않습니다. 포틀랜드에서는 늘상 취해 있
어서.

어쩌다 보니 모인 티셔츠 이야기와
아직 다 싣지 못한 티셔츠들

※인터뷰어: 노무라 군이치

처음에 어떤 계기로 티셔츠를 입게 되셨는지요?

"티셔츠를 입기 시작한 건 한참 옛날 얘기인데, 내가 십대 때는 티셔츠 문화란 게 없었죠. 일명 언더셔츠, 내의 같은 것뿐이고 글씨나 그림이 들어간 건 없었어요. 티셔츠가 나온 건 아마 1970년대부터이려나. UCLA나 아이비리그 대학교 티셔츠가 유행한 기억이 나네요. 그다음에는 뉴욕 양키스 같은 스포츠 티셔츠. 그런 건 옛날부터 있었던 것 같군요. 예전에 VAN JACKET°이 있었잖습니까? 로고가 들어간 티셔츠가 인기였죠. 당시에는 아이비리그 종류밖에 없어서 물론 나도 입었어요. 1970년대가 진행되며 다양한 티셔츠가 나왔습니다. 그 무렵부터 T·REX 같은 록밴드 티셔츠가 나왔고, 홍보용 티셔츠도 나왔어요. '노벨티°°'죠. 내가 소설을 쓰기 시작할 무렵인 1978년, 1979년도에는 흔하게 티셔츠를 입었죠.《Made in U.S.A 카탈로그》나《뽀빠이》창간 무렵부터 티셔츠 문화가 퍼져서요. 1970년대 중반쯤이죠?"

○　　　　1960-1970년대를 풍미한 일본 의류 회사
○○　　　기업에서 홍보를 위해 제작 및 제공하는 실용적 소품

T74	좌측 상단	시애틀 노포점 '테일러 셸피시 팜스'
T75	우측 상단	나고야 명물 미소카쓰 가게 '야바톤'의 티셔츠
T76	좌측 하단	타이드답게 물 빠진 느낌이 아주 좋다
T77	우측 하단	자동차 번호판에 'VOTE'라고 쓴 걸 보니 어쩌면 선거 티셔츠?

무라카미 씨도 《뽀빠이》를 읽으셨어요?!

"읽었죠. 카페 할 때여서 잡지를 비치해뒀거든요. 미국 관련 특집호
는 손님한테 인기가 많아 금세 너덜너덜해지던 기억이 납니다. 록 콘
서트에 가면 꼭 티셔츠를 사게 된 것도 아마 그때부터일걸요."

어떤 록밴드 티셔츠를 샀는지 알려주시죠.

"처음 산 록밴드 티셔츠는 기억이 잘 안 나는군요. 제프 벡을 산 것만
기억납니다(웃음). 그런데 지금은 나한테 없어요. 티셔츠라는 게 소모
품이라 하나둘 없어지잖아요. 챙겨뒀으면 좋았을 텐데 말입니다. 재
즈 티셔츠는 원래 별로 없었기 때문에 갖고 있는 게 없어요."

촬영한 티셔츠 사진을 보면서 얘기를 듣고 싶은데요. 가장
오래된 티셔츠는 어떤 건가요?

"남아 있는 것 중에는 1983년에 처음 참가한 호놀룰루 마라톤 티셔
츠가 가장 오래됐을 겁니다. 쓰즈키 교이치 씨의 《버릴 수 없는 티셔
츠》에 실려 있죠."

그렇군요. 얼핏 티셔츠 종류가 다 달라 보이는데 그러면서 도 뭐랄까, 기준 같은 게 있는 것 같습니다.

"가게에 가서 세련된 티셔츠 사는 걸 별로 좋아하지 않아서요. 그것 보다는 노벨티나 중고매장에서 그럴듯한 것을 사는 걸 좋아해요. 그 래서 브랜드 티셔츠는 거의 없습니다. 굿윌 스토어에 가서 이것저것 구경하며 한나절을 보내거나 그런 걸 좋아하죠. 아, 결국 한가하다는 말이네요(웃음)."

레코드를 살 때처럼 어떤 지침 같은 게 있나요?

"고르는 기준은 물론 디자인, 그다음이 장르죠. 나는 레코드 플레이 어나 레코드가 들어간 티셔츠가 있으면 대부분 삽니다. 그런 장르를 좋아해요(웃음). 그중 몇 장은 여기에도 있습니다. 그리고 맥주, 자동 차, 광고 티셔츠도 좋아해요. ESPN, 쿠어스 등 이것저것 있어요. 여 기 있는 올림푸스 티셔츠도 좋아하고."

기업 티셔츠는 디자인도 그렇고 좋은 게 많지요. 무라카미 씨는 미국 아이비리그에서 문학을 가르치셨으니 그런 인

연으로 대학교 티셔츠가 많을 거라고 멋대로 상상을 해봤습니다.

"대학교 티셔츠도 여러 대학에 갔을 때 사긴 했는데 별로 입지 않게 되더군요. 그 학교 졸업생이면 몰라도 그냥 방문만 했는데 하버드, 예일 같은 학교 이름이 적힌 티셔츠는 민망해서 못 입겠더라고요. 그럼 일본에서 와세다라고 쓰인 걸 입을 수 있는가 하면 그것도 못 입지만(웃음). 잘 알려지지 않은 대학교나 지방에 있는 리버럴 아츠 칼리지 티셔츠 같은 건 입죠. 하지만 우연히 그 학교 졸업생이라도 만

나는 날에는 저쪽에서 말을 걸어올 게 뻔하잖아요! 그러니까 굉장히 긴장하면서 입긴 합니다(웃음)."

　　(웃음). 무늬 있는 티셔츠만 보여주셨는데요. 무지 티셔츠
　　도 좋아하신다고 들었습니다.
"내가 가진 건 주로 무늬 있는 티셔츠인데, 한번은 미국에서 작가를 전문으로 촬영하는 사진가 엘레나 사이버트 씨가 인물 사진을 찍어준 적이 있어요. 그런데 내가 무늬 있는 티셔츠를 입고 있으니까 그건 안 된다는 겁니다. 사진 찍을 때는 무지 티셔츠만 입어야 한다고. 회색 무지 티셔츠를 입은 트루먼 커포티의 사진을 보여주면서 "멋있죠?" 하는데 확실히 멋있더라고요(웃음). 그 후로 사진 촬영 때 입는 티셔츠는 무지로 정하게 됐습니다."

　　그것도 일리가 있는데요. 그럼 무지 티셔츠에도 기준이 있
　　나요?
"목 부분이 적당히 늘어난 무지 티셔츠가 좋죠. 쉽게 되는 게 아니지

만. '헤인즈'나 '프루트 오브 더 룸'°은 목 부분이 자연스럽게 늘어나 긴 하는데, 최상의 상태가 오래가지 않아요. 무지 티셔츠는 소모품이라 갖고 있어도 기념은 되지 않고."

그렇군요. 아깝다고 입지도 않을 낡은 무지 티셔츠를 방에다 쌓아두는 사람들도 많을 텐데 다 소용없다는 말씀

°   둘 다 패션 브랜드

**이시군요. 무라카미 씨는 요즘도 티셔츠를 즐겨 입으시
는지요?**

"여름에는 오로지 티셔츠죠. 그 외에 입을 옷이 없을 정도로. 가끔 알
로하셔츠도 입긴 하지만, 거의 티셔츠에 반바지. 실은 반바지도 꽤
모았습니다(웃음)."

반바지! 또 무라카미 씨 댁으로 찾아갈 수도 있겠는데요.

"카고바지부터 길이가 다른 것까지 종류대로 있죠. 티셔츠를 입을
때는 맨발에 스니커즈를 신는데 최근에는 '스케처스'가 편해서 그것
만 신습니다. 다만 외출할 때는 반바지 위에 입을 수 있는 긴 바지와
걸칠 셔츠를 꼭 가방에 넣어서 나가죠."

어째서요?

"그런 걸 요구받을 때가 있어요. 언젠가 여름이었는데, 출판사 관계
자 초대로 긴자의 깃초°에 갈 일이 있었죠. 그런데 입구에서 반바지

○   고급 일본요리집

입은 사람은 출입을 금한다는 겁니다. 초대를 받은 내가 안 들어갈 수는 없지 않습니까(웃음). "알겠습니다" 하고는 가방에서 긴 바지를 꺼냈죠. 현관에서 입었더니 다들 얼굴이 파랗게 질리더라고요."

예의 바른 듯하면서 와일드한 행동이네요(웃음).
"작가 다나카 고미마사 씨를 보고 배운 겁니다. 지금은 타계하셨지만, 영화 시사회에서 만났을 때 가방에서 셔츠와 바지를 꺼내 입구에서 입으시는 걸 봤어요. 그게 좋아 보여서 따라 한 거죠(웃음)."

《뽀빠이》 2018년 8월 호에서

무라카미 T

오늘은 후일담이라고 할 수 있겠군요. 연재를 마친 후에
또 한 번 감상을 듣고자 왔습니다.

"먼저 하고 싶은 말이 있는데, 내가 하와이에서는 1달러나 1달러
99센트 정도에 여러 종류의 티셔츠를 살 수 있다고 하지 않았습니
까. 그런데 그게 갑자기 가격이 오르는 바람에 지금은 3달러 99센
트입니다. 이 연재 때문이 아닌가 싶은데요."

대단히 죄송합니다(웃음).

"1달러 99센트일 때는 티셔츠를 주저하지 않고 살 수 있었는데, 3달
러 99센트나 하니까 제품에 따라서는 좀 비싼 느낌이 들죠. 일본에
서 대량 구매하러 간 사람이 있는 게 아니라면 좋겠지만."

일본인이 좀 마니아스럽죠. 요즘은 오래된 밴드나 영화 티셔

츠가 인기여서 그런 걸 찾는 것 같기도 하더군요.

"얼마 전에 <원스 어폰 어 타임 인… 할리우드>라는 영화가 있었잖
아요? 극중에서 브래드 피트가 '챔피언' 티셔츠를 입고 있는데, 예전
에 갖고 있던 것이라 생각이 많이 났어요. 욕심이 나긴 하지만 지금
은 빈티지라는 이유로 비쌀 겁니다. 쿠엔틴 타란티노 감독은 그런 부
분이 아주 디테일해요."

**값이 나가겠죠. 마침 영화 이야기가 나왔으니 꼭 여쭤보고
싶은데요. 티셔츠를 입으실 때 동경하는 대상이나 참고로
하는 사람이 있는지요.**

"누가 있을까요. 말런 브랜도, 멋있죠. 옷 입는 센스가. 제임스 딘도
좋죠, 티셔츠. <이유 없는 반항>이었나. 흰색 티셔츠 한 장 입은 모
습이 정말 멋있었잖아요. 그리고 <청춘 낙서American Graffiti>에 나온
열두 살쯤 된 여자아이. 헐렁한 프린트 티셔츠를 입었는데 목 부분의
'늘어짐'이 말할 수 없이 좋았어요. 군제° 같은 제품으로는 그런 느낌
을 낼 수 없죠."

T83   좌측 | 작가 폴 서로가 준 멕시코제 트럼프 티셔츠.
       스페인어로 '도널드는 멍청이다'
T84   우측 | 도스토옙스키인 것 같은데 아닐지도

일본 제품은 야무지게 만들어서 말이죠.

"어쨌든 예전에는 그런 모델이랄까, 교과서적인 것은 할리우드 영화에서나 볼 수 있었죠. 예를 들어 제2차 세계대전 영화만 봐도 미군 병사는 더우면 티셔츠 한 장만 걸치지 않습니까. 그게 또 멋있어요. 그러니까 티셔츠가 멋있다기보다는 결과적으로 티셔츠를 입은 모습이 멋지다는 게 되는군요.

○   주로 속옷이나 스타킹을 만드는 일본 섬유 제품 브랜드

좋아하시는 재즈 티셔츠라면 어떤 게 있을까요?

"별로 없습니다. 재즈 전성기에는 흑인이 멋지게 차려입고 연주를 하는 게 트렌드였어요. MJQ°나 마일스 데이비스도 아주 근사한 슈트에 화려한 넥타이를 매고 멋진 차림으로 연주했죠. 지금은 마살리스°°가 그 명맥을 이어가고 있고요. 1970년대 들어서면서 이른바

○   Modern Jazz Quartet, 미국의 재즈밴드
○○   Wynton Marsalis, 미국의 트럼펫 연주자 겸 작곡가

아프로 헤어° 같은 것이 나오기도 했지만, 티셔츠는 의외로 재즈하고 어울리지 않더군요. 쳇 베이커의 레코드 재킷 중에 티셔츠만 그려진 게 있긴 한데 그 외에는 생각나는 게 없네요. 티셔츠 문화와 재즈는 잘 매치가 안 된 것 같아요. 옛날에는 흑인 차별이 있어서 다들 그런 대우를 받지 않으려고 '나는 성공한 부유한 흑인이다'라는 메시지를 담아 모두 슈트를 빼입었죠."

°   흑인 특유의 곱슬곱슬한 모발을 빗어 세워서, 크게 둥근 모양으로 다듬은 헤어스타일

처음 티셔츠 이야기를 한 지 벌써 이 년이 지났습니다만, 컬렉션은 그 후로 더 늘어났는지요?

"아뇨. 앞에서 말했듯이 하와이에서 늘 티셔츠를 구입하던 굿윌 스토어가 비싸진 뒤로는 별로 사지 않습니다. 이 품질에 이 정도 가격이라면 싶을 때 사는데, 이건 좀 아닌 것 같아서요. 가격을 보고 결정하는 일이 꽤 많습니다."

레코드도 50달러 이상은 사지 않는다고 말씀하셨죠. 물건을 수집할 때 철학 같은 게 있으신가요?

"네, 있죠, 게임이니까. 룰을 정하지 않으면 게임이 안 되잖아요? 뭐든 돈만 내면 그만이라는 식이 되는 건 재미없죠. 티셔츠도 200장쯤 봐야 이거 좀 괜찮다 싶은 게 하나 있을까 말까 한 세상이라서 일일이 구경하다 보면 시간이 너무 많이 걸리죠. 하지만 그게 또 게임이라서 열심히 봅니다만(웃음)."

역시 디거맨이십니다(웃음).

"굿윌 스토어는 즐거워요. 그런데 최근에는 워낙 바뀌어서 말이죠.

구세군도 그렇고. 옛날에는 참 좋았는데, 자선매장까지 점점 야박해지니."

단골 중고매장이 아니라 굿윌 스토어 같은 곳에서 구입하신다니 굉장히 흥미롭습니다.
"그쪽이 오히려 재미있는 게 많아요. 일본은 별로 재미가 없죠. 비싸기만 하고. 요전에 교토에 있는 북오프°에 라몬스°° 티셔츠가 있어서 좋다고 샀지만요."

무라카미 씨도 라몬스를 들으시나요?
"듣습니다. 다만 뭘 들어도 같은 리듬이어서 금방 지루해지긴 하죠. 그 티셔츠는 입고 다니지 않아요. 일흔 살이 넘으니 역시 한계가 생기더군요(웃음)."

°　　　일본의 중고품 체인점
°°　　　Ramones, 미국의 펑크록밴드

　　　　　　　　　　무라카미 T

연재 때 다 소개하지 못한 티셔츠를 이 책에 싣기로 했습
니다만, 무라카미 씨의 저서 홍보용 티셔츠가 많아서 놀랐
습니다.

"입지는 못하죠(웃음). 어마어마하게 많아서 창고에 꽉 찼습니다. 《해
변의 카프카》 티셔츠는 니나가와 유키오 감독이 연출한 연극 <해변
의 카프카>를 프랑스에서 공연할 때 많이 만들었죠. 이것도 상당히
멋있어요."

T92	좌측 상단	하와이에서 발견한 우쿨렐레 티셔츠
T93	우측 상단	폴란드 크라쿠프에 있는 핀볼 박물관
T94	좌측 하단	스피드미터를 동물로 나타낸 그림. 가장 빠른 것은 치타
T95	우측 하단	카우아이 커피. 하와이 티셔츠가 많은 것도 컬렉션의 특징

T96	좌측 상단	햄버거에는 빠질 수 없죠
T97	우측 상단	바그너의 오페라 대사가 모티프. 바이로이트 음악제에 갔을 때
T98	좌측 하단	서핑 & 스케이트 계열은 굿윌 스토어에서 산 것이 많다
T99	우측 하단	이것도 바그너의 오페라 대사. 바이로이트 음악제에서만 판다

창고 떨이를 하러 가고 싶네요. 입지 못하는 티셔츠는 어떤 기준 같은 게 있나요? 에세이 내용 중에도 이건 입을 수 있고 이건 입지 못한다는 이야기가 여러 번 나오는데, 어떠세요?

"있죠. 입을 수 있는 티셔츠와 입지 못하는 티셔츠는 명확히 구분됩니다. 결국 시선을 끌고 싶지 않은 거죠. 되도록 숨어서 조용히 살고 싶어요. 지하철이나 버스를 탈 때도, 걸어 다닐 때도, 서점에 갈 때도, 디스크 유니온°에 갈 때도 누구 눈에 띄는 게 거북해요. 티셔츠를 입는 건 괜찮은데 시선을 끌면 곤란합니다. 그래서 제한적이에요. 티셔츠 자체는 멋진데 개인적으로는 입지 못하는 게 꽤 있습니다. 우선 메시지가 있는 티셔츠를 못 입어요. 입고 있으면 사람들이 읽으니까 (웃음). 읽고 있으면 정말 민망하죠."

입지 못하는 티셔츠 중에 위스키 회사 것도 있던데요. 전에 댁에서도 위스키를 마신다고 하셨습니다만, 가장 좋아

° 수도권을 중심으로 한 일본의 레코드 체인점

T100	좌측 상단 | 디트로이트의 모타운 역사박물관 뮤지엄 티셔츠
T101	우측 상단 | 뉴질랜드 북페스티벌에서 받았다. 이 메시지를 좋아합니다
T102	좌측 하단 | 미쉐린의 비벤덤. 간판 캐릭터
T103	우측 하단 | 이걸 입으면 상당히 이목을 끌겠지만, 못 입지요

하시는 브랜드는 무엇인지요?

"위스키 좋죠. 뭐든 상관없는데, 아일라 섬에 가본 적이 있어선지 라프로익이 역시 제일 낫더군요. 가장 질리지 않아요. 맛이 좀 독특한데, 딱 한 가지를 정해야 할 때는 대체로 라프로익을 고르죠. 집 근처에 괜찮은 위스키 바가 생겼어요. 요즘은 거기서 하이볼을 마시는 시간이 참 좋습니다. 주말에는 오후 3시 반부터 영업하는데 3시 반에서 5시 반까지는 30퍼센트 할인도 되죠."

**위스키를 마실 때는 역시 재즈를 들으십니까? 혹시 이십
대 젊은이가 하이볼을 마시며 재즈를 듣는다고 하면 첫 곡
으로 뭐가 좋을까요?**

"밖에서는 여간해서 어렵지만 집에서는 재즈를 듣습니다. 빌리 홀리
데이가 좋을 것 같은데 젊은이들이 좋아할지는 모르겠군요. 위스키
를 마시는 건 오늘 참 고단하네 싶을 때인데, 프론토°에 가서 짐빔 하
이볼을 큰 잔으로 마시죠. 망가져도 괜찮아요."

**무라카미 씨가 왜 눈에 띄는 티셔츠를 입지 않으시는지 알
것 같군요. 무라카미 씨가 설마 프론토에서 짐빔을 마신다
고 누가 상상이나 하겠습니까?(웃음)**

"입고 안 입고로 따지자면 록 콘서트 티셔츠도 안 입어요. 배리 머닐
로 티셔츠는 지금 입으면 멋있을 것 같긴 하군요. 카펜터스도 괜찮겠
네요. 그때는 촌스러웠지만 지금 입으면 제법 입을 만할 것 같아요."

○   아침과 낮에는 카페, 저녁에는 바가 되는 영업 방식으로 유명

그렇겠네요. 록밴드 티셔츠는 잠시 묵혀두면 입을 수 있게 되죠.

"묵혀두면 되는 거였군요. 밥 말리의 일본 투어 티셔츠도 사둘 걸 그랬습니다. 후생연금 홀 공연 때요."

몸이 절로 움직였다고 하는 그 콘서트 말씀이시군요!

"토킹 헤즈 티셔츠도 갖고 싶었는데 말이죠. 톰 톰 클럽도."

뉴 웨이브까지 들으셨어요? 정말 다양한 장르를 좋아하시는군요.

"좀 탐욕적으로 듣죠. 음악은 조금만 공백이 생기면 못 따라가요. 삼사 년쯤 새로운 곡을 듣지 않다 보면 요즘 음악을 들어도 연결이 잘 되지 않아요. 뭘 들어도 다 똑같이 들리죠. 그래서 그런 일이 생기지 않도록 비교적 공백을 두지 않고 듣는 버릇이 생겼습니다."

음악도 패션도 다 그렇죠. 그런데 무라카미 씨는 그런 정보를 어떻게 얻고 계신지요?

"타워 레코드에 가서 한나절 동안 청취 버튼을 누르고 음악 감상을 합니다(웃음). 아주 좋아요. 그러다 보면 사고 싶은 CD가 서너 장쯤 나오죠. 갖고 싶은 게 점점 줄어들긴 했지만 그래도 그 서너 장을 찬찬히 듣다 보면 아, 이런 게 요즘 음악이구나 하고 대충 느낌이 옵니다."

정말 그렇겠네요. 여기 있는 200장 가까운 티셔츠 중 마음에 드는 것이랄까, 각별한 것을 고르신다면요?
"이걸까요. 'TONY TAKITANI'라고 쓰여 있는 이 티셔츠(책머리에 실린 티셔츠)를 사고 나서 <토니 타키타니>라는 단편소설을 썼거든요."

이건 노벨티가 아니군요! 티셔츠가 먼저였나요?
"이 티셔츠를 산 뒤 토니 타키타니가 어떤 사람일까? 하고 멋대로 이런저런 상상을 하다 소설이 된 겁니다. 그러니까 이건 기념할 만하죠. 'HOUSE D'라고도 쓰여 있잖아요? 처음에는 무슨 뜻인지 몰랐는데 알고 보니 선거용 티셔츠였어요. 'HOUSE'는 하원, 'D'는 민주당원이래요. 토니 타키타니 씨는 하와이 주 하원의원 민주당 후보였어요.

T107 상단 | 내 책이 출간되는 미국 크노프 출판사의 창립 백 주년 기념 티셔츠.
보르조이가 심벌마크입니다

T108 하단 | 오자와 세이지 씨가 2019년에 <카르멘>을 맡았을 때의 공연 티셔츠

소설이 출간되고 영어로 번역되고 난 뒤 타키타니 씨가 "내가 토니 타키타니입니다" 하고 편지를 보냈더라고요. 당시에는 낙선했다더군요. 하지만 지금은 변호사로 성공했으니 다음에 기회 되면 같이 골프라도 치러 가자고 했는데 나는 골프를 안 쳐서요(웃음)."

> 상당히 흥미로운 이야기로군요. 티셔츠 한 장에서 소설이
> 탄생하다니.

"마우이를 드라이브하다가 아담한 자선매장에서 우연히 발견하고 1달러 정도에 구입했죠. 줄곧 의문이 풀리지 않았는데 소설을 쓴 덕분에 의문이 풀렸고 영화로도 만들어졌어요."

> 티셔츠 만세로군요. 마지막으로 무라카미 씨는 이후로도
> 쭉 티셔츠를 입으실 것 같은데, 세월을 더해가며 티셔츠를
> 즐기는 방법 같은 게 있다면요? 저는 예전에 취직하면 티
> 셔츠는 졸업할 거라고, 티셔츠는 어른들이 입는 게 아니라
> 고 생각했는데 여전히 티셔츠만 입고 다니거든요.

"나이하고는 크게 상관없지 않나요? 예전이나 지금이나 줄곧 같은

것만 입고 삽니다. 어쩌다 깃이 있는 셔츠라도 입고 오면 "오늘 무슨 일 있으세요?" 하고 사무실 직원이 물어요(웃음). 오늘은 어쩌다 보니 깃이 있는 셔츠를 입었네요. 셔츠 안에 입은 티셔츠는 오래전에 요시모토 바나나 씨한테 받은 티셔츠인데(그러고는 셔츠를 뒤집어 티셔츠를 보여주었다), 이게 아주 좋아요. 하와이 라니카이°의 티셔츠인데."

그 티셔츠도 길이 잘 들어 편해 보이는군요. 아직 촬영하지 않았고요(웃음).

"하와이 대학교에 있을 때 대학에 내 사무실이 있었어요. 일주일에 한 번 누구나 방문할 수 있는 오피스 아워란 게 있잖습니까. 그때 요시모토 바나나 씨가 불쑥 찾아와서 선물이라면서 주고 간 건데, 굉장히 편해서 애용하죠."

좋은데요. 역시 티셔츠는 쭉 입을 수 있어서 좋은 것 같습니다.

○ 　 오아후 섬의 해변

"티셔츠가 이 정도 있으면 여름이 와도 뭘 입을지 걱정할 일 없고 말이죠. 매일 갈아입어도 여름 한 철 내내 다른 걸 입을 수 있지 않을까요. 작가란 참 편해서 좋군요."

무라카미 T

村上春樹

Murakami T　Haruki Murakami

옮긴이 권남희

일본문학 전문 번역가. 무라카미 하루키의 《저녁 무렵에 면도하기》《채소의 기분, 바다표범의 키스》《샐러드를 좋아하는 사자》《더 스크랩》《시드니!》《후와후와》《빵가게 재습격》《반딧불이》, 혼다 데쓰야의 《셰어하우스 플라주》, 사쿠라기 시노의 《유리 갈대》를 비롯해 《배를 엮다》《누구》《애도하는 사람》《밤의 피크닉》《츠바키 문구점》《퍼레이드》등 다수의 작품을 우리말로 옮겼다. 《혼자여서 좋은 직업》《귀찮지만 행복해 볼까》《번역에 살고 죽고》등의 에세이도 집필했다.

무라카미 T 내가 사랑한 티셔츠

1판 1쇄 발행 2021년 5월 10일 **1판 4쇄 발행** 2024년 11월 1일

지은이 무라카미 하루키 **옮긴이** 권남희
펴낸이 박강휘
편집 박정선 **디자인** 홍세연 **마케팅** 이헌영 **홍보** 이혜진

발행처 김영사
주소 경기도 파주시 문발로 197(문발동) 우편번호 10881
등록 1979년 5월 17일(제406-2003-036호)
구입 및 문의 전화 031)955-3100 **팩스** 031)955-3111
편집부 전화 02)3668-3295 **팩스** 02)745-4827
전자우편 literature@gimmyoung.com
비채 블로그 blog.naver.com/viche_books
인스타그램 @drviche @viche_editors **트위터** @vichebook ook

ISBN 978-89-349-8998-1 03830
책값은 뒤표지에 있습니다.

비채는 김영사의 문학 브랜드입니다.